ほっかぶりの雷《ライ》さん

あっはっは。

いっひっひ。

かっかっかっか。


大男の雷大王は大喜び。

毛むくじゃらの太い足で、またを広げて立ち、太い腕を組み、大きな口をあけてわらった。

「人間どもが困っておるわい。わしはな、これを見るのが楽しみでな。さあ、みなの者、もっとやれ、もっとやれ、でかい雷玉《カミナリダマ》のバクダンを投げ落とせ。」

ここは天空のぶ厚い雲の上。

雷大王はけらいと一緒に下界を見下ろしていた。下界では、ものすごい雷鳴とどしゃぶりの雨に、強い風もふきまくり、人間はひめいをあげて逃げまどった。

川はたちまち水かさを増し、流れはおそろしいくらい速い。三日も大雨が降り続くと、川の水が土手を越えて流れ出し、こうずいとなる。田畑を押し流し、そまつな家々はあっという間にこわれ、流されていった。

雷大王とそのけらいは下界のようすを再び見て、腹の底から喜びの声をあげた。

きっきっきっきっきっき。

奇妙な声をあげてわらった。

そこへ、高速のちぎれ雲にのった大雨大王と大風大王がけらいと共にやってきた。

「おう、よくきてくれた。大雨大王殿、大風大王殿。」

9　ほっかぶりの雷さん

と、雷大王は大よろこび。

三人の大王とけらいは、いっしょに下界を見て、こうずいで、人間や家が流されていくのを顔を見あわせてわらいあった。

けっけっけっけっけ。

「今回の計画は大成功だな。」

雷大王はごきげんだ。

その三人の大王が集まるとすぐに、

「さあ、酒盛りだ。」

と、雷大王がさけんだ。それぞれのけらいが三大王を中心に、ぐるりとまわりをとりかこんですわった。

しばらくすると、踊りはじめる者、大声で歌う者などで、大いにもりあがった後、みんな酔いがまわって、大いびきをかいて寝てしまった。

下界では、ようやく雷鳴と大雨、大風がやんだ。この大荒れの天気で、大こうずいとなり、家をこわされ、家族を亡くし、泣きさけぶ人間たち。

雷大王のけらいの一人、年の若い雷太はみんなから離れて一人、下界を見ながら涙を流していた。

「なんてひどいことを！」

一ヶ月後、雷大王のもとに大雨大王と大風大王が再びたずねてきた。そして三人で次の仕事の計画をたてはじめた。

「フムムム……良い考えがあるぞ！　今度は竜巻き大王も加わってもらおうじゃないか。」

雷大王はギロリとほかの大王の顔を見まわした。

「おお、さすが雷大王だ。そうだな、次回はも〜っとはげしく台風なみにしよう。」

大雨大王と大風大王は喜んですぐ賛成した。三人は次回の日にちと場所をきめ、四人で仕事をすることにした。

しばらくすると、雷大王から連絡を受けた竜巻き大王が、超高速のちぎれ雲にのってけらいとともにかけつけてきた。

その竜巻き大王はと言うと、髪までもがクルクルとうずを巻いて、高くもりあがっていた。そして、なんと、海や陸地で竜巻きを起こして巻きあげた魚や、鶏や豚をみやげに持ってきたのだ。

「おお、これはありがたい。」

三人の大王は大喜び。

かっかっかっかっか。

と、四人で大声でわらいあい、次回の仕事を楽しみに、ウキウキしていた。そして又、竜巻き大王を加えて四人とそのけらいたちで、酒盛りがはじまった。

このようすを部屋のすき間から見ていた雷太はふるえあがった。

「うわぁ、次はもっと大変なことになる！　いったいどうしたらいいんだ。こんなオレにでもできることはないだろうか。まてよ……うーん、よい考えが浮かんできた。よし、決めた。」

それからというもの、雷太は一人で、人目につかないすみっこで雷玉《カミナリダマ》をつくりつづけた。

しばらくたったある日のこと。

雷太がすみっこで雷玉をつくっていると、あたりが急にさわがしくなった。今までにないことだが、雷大王がみんなの仕事ぶりを見にきたと言うのだ。

「おお、みんな、仕事をはげんでおるな。そこのおまえのはなかなかよい雷玉だ。いいぞ、いいぞ。その調子、その調子、そのとなりの者、これは超大玉だな。これは立派だ。今までで一番でかい。」

雷大王は大きなするどい目を細めて、満足そうにわらった。

「実はな、あともう少しで、わしと、大雨大王と大風大王と竜巻き大王の四人で大あばれすることになっておる。その時は、特大の雷玉をたくさん作って投げ落とし、下界の人間どもをおどかしてやるんだ。うっひっひっひ。」

雷大王はごきげんだ。

「おや、そこのすみっこの若い男、その袋に入っている小さな玉はなんだ？大きな雷玉はないじゃないか。あれほど『大きな雷玉をつくれ。』と、言っておいたのに。さては、さては、仕事をなまけておったな。うぬう……。」

雷大王はおこって顔色を変えた。すると、あたりにパチパチと小さな火花が散り、パッとまぶしい光が走った。

雷太はあまりの恐ろしさに声も出なかった。

そこへ、けらいがかけつけてきた。

「大雨大王様が『いそいで別の仕事の手助けにきてくれ。』と、訪ねておいでです。」

それを聞いた雷大王は、あわててけらいといっしょに大雨大王のもとに行ってしまった。

雷太はふるえていた。雷大王たちが下界の人間たちを困らせているのをいつも見ていた雷太は、大きな雷玉をつくらずに、小さな雷玉をつくることにきめたのだった。

〝今のオレに出来ることはこれくらいだ〟と思って、一人でこっそり作っていたが、運悪く、見つかってしまった。

雷大王は今まで一度も雷玉をつくっている所など、見に来たことがなかったのだ。

遠くで雷大王のどなり声を聞いた雷吉じいさんが、雷太のもとにいそいでかけつけてきた。雷吉じいさんはあたりを見まわし、雷大王のそばにつかえるけらいがみなその場からひきあげて行ったのを見とどけてから、雷太に言った。

「雷太、大変なことになったな。雷大王は又おまえのもとに必ずやってくる。雷大王のいかりにふれた者は、大王のいかりの大きなエネルギーに感電して死んでしまうんだ。」

「ど、どうしよう……。」

「わしは今までに何人も見てきた。さあ、早く、逃げるんだ。大王のいぬ間にな。」

雷吉じいさんだけは、雷大王や他のけらいとちがっていつもやさしかった。

雷太は雷吉じいさんがこのごろ足腰が弱ってきたのが心配だった。三日前、雷吉じいさんはよろけて下界に落ちそうになった。そばにオレがいたので助けてあげられたからよかったけれど……。

雷吉じいさんがどなった。

「雷太、ぐずぐずするな。早く逃げろ。あそこに見える虹の橋を渡って下界へ降りろ。わしは大王のいかりにふれた者を何人も、そっと逃がしてやったことがある。わしにまかせろ。」

雷太は急に身にせまってくる危険を感じた。雷大王のいかりのエネルギーで殺されるくらいなら、毎日ながめているあの緑の美しい下界へ行こうか、でも……。

　その時、再び雷吉じいさんがさけんだ。

「雷太、早く、早くしろ！　あそこに虹の橋の方向に向かっているちぎれ雲がやってくる。早くあれにのれ。行く先は虹の橋だぞ。今日は雨がやんで陽が出たあと、めずらしく虹が出た。その上、都合《つごう》のいいことにちぎれ雲も虹の方に向かっている。今だ。早く、早く！」

　雷太は迷った。オレがいなくなったら、雷吉じいさんは大丈夫だろうか。うーん、困った。どうしよう……。

「わしのことなら心配するな。どうにかなる。雷大王は必ずくる。虹の橋はいつもかかるわけではない。」

　雷吉じいさんが早く、早くとせかすものだから雷太はとうとう決心した。

「それでは、雷吉さん、いつも優しく親切にしてくれてありがとうございました。ずっとここにいたいけれど……忘れないよ。雷吉さんのことを、いつまでも元気でいてね。」

雷太はそういうと、目の前を超高速で通るちぎれ雲に全身の力をこめて、ぴょんと飛び移った。

「さようなら。」

ちぎれ雲は、あっという間に雷太をのせて、雷吉じいさんのいる雷の国から遠ざかっていった。

しばらくいくと、大きな虹の橋のてっぺんに近づいた。雷太は思いきって虹の橋の上に飛びおりた。

そこは七色をした虹雲《ニジグモ》でできていて、まるでふんわりした綿の上を歩いているようだった。

虹の橋の上に到着すると、誰かが、

「こっちだよー。」

と、手まねきしてよんでいる。そばに近づいてみると、雷吉じいさんと同じくらいの年のやさしそうなおじいさんが立っていた。

「わしは虹の国の者だが、雷太だね？　雷吉さんから聞いたよ。下界へ行くんだってね。」

と、雷太をじっと見つめた。

「この虹の国はね、「虹の橋」ともいわれていてね、子供たちは、虹色の小さな舟の形をした乗り物に乗って遊ぶんだよ。ほら、あっちの方でいっぱい遊んでいるだろう。わしはここで、子供たちが危なくないように見守っているんだよ。」

虹の国の子供たちが、キャー、キャーと言いながら、遊んでいる声が聞こえてきた。

「楽しそうだなぁ、この虹の国は。」

「雷太は下界に行くそうだから、こっちの特別な舟に乗るんだよ。」

と、その舟のそばにつれていった。

その舟は虹色に輝いていて、一人のりの「屋形船」だった。

「この舟はね、急な坂でも乗っている者が飛び出さないように屋根のある小さな部屋に、下界をながめる窓もついているんだよ。」

と、説明してから、言いにくそうに、

「いいかい、この虹の橋は下界までとどいていないんだ。」

「えっ？　そ、そうだったのか……。」

「そうなんだよ。虹の橋の終わりになるとね、この舟は虹色の雲でできているから、ふんわりと浮くんだ。」

「あぁ、よかった。安心したよ。」

「でもね、しばらく浮かんだあと、日光にあたると、たちまちこわれてしまうんだよ。そして雷太は下界へ真っさかさまになって落ちてゆく……。」

「うわぁ、こわいなぁ。」

「わしは雷吉さんにたのまれて、何人もこのような舟にのせて、下界へ送ったよ。」

「みんな助かったのかなぁ。」

雷太はとても不安だったが、ここにいつまでもとどまってもいられない。虹の橋がかかっているうちに行かないと、下界へ行く機会がなくなってしまう。

「それではいくか?」

と、おじいさんは雷太にそっと聞いた。

「用意はいいね。わしがこの舟を押すと、すべり台のように下に向かって走っていくからね。しっかりと舟にしがみついているんだよ。」

「ありがとう。お世話になりました。雷吉さんによろしくね。」

「わかった。つたえておくよ。無事を祈っているからね。」


雷太は運を天にまかせて、虹の橋から舟ですべりおりることにした。屋根のついた小さな部屋に入ってすわると、なにやらズボンのポケットにコロッとした黄色い玉がひとつ入っているのに気づいた。

「あっ、これはオレがつくった雷玉《カミナリダマ》だ。」

雷太は思わずこの雷玉をぎゅっとにぎりしめて祈った。ぶじに下界に降りられますように、これから、どんな運命がまっているのだろうか。胸がドキドキして、風を切って進む舟のスリルも、窓から下界をのぞき見る楽しさもうわの空だった。

そのうち虹の終わりにきたとみえ、ふんわりと空中に浮いた。

うわぁ、とうとうきてしまったな、と思いながら、しばらくふわふわ浮いていると、急に虹色の雲でできた舟がとけるようにこわれていった。

雷太の体はまっさかさま。

その時、雷太のポケットから雷玉がころげ落ち、ゴロゴロと雷鳴がなり、バリッという大きな音がした。

雷太は背の高い木の枝にひっかかった後、草むらにころがり落ちた。

ドスン。

雷太は地面にたたきつけられた。枝にひっかかった時に、足に大きな切りきずができ、又、足首はみるみるはれ上がり、立ち上がろうとしても力が入らなかった。

ジリジリと太陽が雷太の体を照らし、雷太はなにもわからなくなった。

ある日のお昼近くのこと。

おやしろの近くに住んでいる貞おばあは、近くにカミナリが落ちたのでこわくてふるえていた。

しばらくして、

「雨もやんだし、雷鳴も聞こえない。どれどれ、外に出てようすを見てくるか。」

と、おやしろの方へ行ってみた。

すると、おやしろのそばにある大きなけやきの枝が折れていた。もっと近づいてみると、なんだか妙な大きな声が聞こえてきた。

グァウー、グァウー、グァウー。

なんの声だろう。まるで動物がほえているようだ。このへんにはあんなへんな大きな声でなく動物はいないはずだが……。

と、思って、くさむらの中をそっとのぞきこんで驚いた。血だらけになった角《ツノ》のはえた大きな鬼が大の字になって寝ていたのだ。

「あっ、ツノ、ツノのはえた鬼、鬼だ！　どうしてこんな所に？　た、たいへんだ。村中に知らせなくては。」

貞おばあは大あわて。

まず、近くの村長の源さんに知らせよう、とデコボコ道をころびそうになりながら夢中で走った。

「源さん、た、たいへんだ。おやしろのそばで、鬼が、鬼が血だらけで、いびきをかいて寝ている！」

奥さんに先立たれた村長の源さんは一人で昼ごはんを食べていた。

そして貞おばあの話を聞いて驚いた。

「ええっ！　鬼が血だらけ？　そ、それはもしかしたら『雷《カミナリ》さん』じゃあないだろうか。さっきおやしろの方で大きな音がして、カミナリが落ちたようだったからな。」

「えっ、カミナリ？　あの鬼はカミナリさんか！」

「わしも、おやしろの方に見に行こうと思っていたんだ。」

しかし源さんは、貞おばあと二人きりでおやしろに見に行ってみても、雷《カミナリ》さんの鬼が起きてきたりしたらキケンかもしれない……そう心の中で思った。

「これは村のみんなに知らせなくてはならないな。それで、どうするか決めるとしよう。」

源さんはそれがいい……と一人うなずいた。

「ところで、村長の源さんはこれからどうしたいのかね?」

貞おばあはたずねた。

「雷と言っても鬼だろう。悪いことをするに決まっている。人間も食われてしまうかもしれないんだよ。」

「そうだね。そういうこともあるかもしれないけどねえ……。」

「ケガをしていて血だらけなら、そのままにしておけば死んでしまうかもしれないよ。それなら、その方がつごうがいい。」

「えっ? だってまだ生きているんだよ。大イビキをかいて寝ているだけだよ。」

「そうかい？」

「いくら雷さんの鬼だって見殺しにしたりしたら、たたりがあるかもしれないよ。源さん。それにおやしろに落ちてきたんだもの、きっといいことがあるような気がするよ。」

「それじゃぁ、貞おばあならいったいどうするね？」

「そうだなぁ。あたしだったらね、手あつくかいほうしてあげるね。ほら、〝鬼の目にもなみだ〟っていうじゃないか。」

貞おばあは、いたずらっぽくちょっと笑った。

「でもね、鬼はおそろしいからなぁ、やっかいなことにならなければいいが……。」

源さんはどうしたらいいかわからなくなってきた。

「それでは、村中の意見をきいてみよう。」

と、源さんは大あわてで村人を集めに走った。

〝雷さんのような鬼がいる〟と聞いて、村人はあっという間に村長の家に集まってきた。

村長の源さんに言われて、いざという時のために、手に手にカマを持って、みなこわばった顔つきでやってきた。

その上、今夜は一晩中、鬼が悪さをしないか、ようすを見るために、それぞれの家から野菜やナベも持ってきていた。

そして、みんなで「どうしたらいいか」話しあった。

「鬼が血まみれだって！　足をけがしているって？　鬼だっていたかろう。かわいそうになぁ。」

「いいや、雷の鬼なんて、あんなもん生かしておいたらひどい目にあうぞ。そのうち、子供がくわれてみろ。とりかえしがつかんぞ。早くたいじするに限る。」

「そうだ。そうだ。ほんとうの雷の鬼なら、起きて動き出したら大変なことになる。オレたちみんな雷にうたれて死ぬかもしれないしな。クワバラ、クワバラ。」

「いや、足に大けがをおっているそうだから、そいつはとうぶん動けまい。わるさもできん。そのまま死んでしまうかもしれん。」

「そうかな。たとえ助けてやっても鬼は鬼。はじめはおとなしいふりをしていたって、すぐ本性をあらわすさ。」

「ここはあいつの住んでいた大空ではない。人間の国だ。今までどおりにはうまくいくまい。わしらの方に勝ち目がある。あいつはだいぶ弱っているようだ。なさけをかけてやったらどうだ。」

源さんは村人の意見を聞いた。まあ、五分五分だな。さて……鬼を助けてやるべきか、それとも……。

源さんはますますどうしたらよいかわからなくなってきて、頭をかかえこんでしまった。

その時、貞おばあが言った。

「それならみんなで雷さんを見にいこう。どんな雷さんか、よく観察してみてからきめてもおそくはないしね。」

「そうだ。そうだ。まだ鬼のようすを見てないんだものわかるわけないよな。」

村人たちはうなずいた。

そこで村人たちはそろっておやしろに向かった。

おやしろに一番近い貞おばあの家にナベと野菜を置き、手にはカマだけをしっかり持って、身がまえながら、おやしろに近づいた。

おやしろにつくと、貞おばあが背の高い草むらの中を指さした。小声で、

「ここだよ。」

と、教えた。

その時、今まで静かだった草むらから、

グァウー、グァウー、グァウー。

と、いう大きないびきが聞こえてきた。

「さてはあいつ、まだ寝ておるな。みんな、近づいても大丈夫だ。静かに、静かにな。」

村人たちは、われ先にと、雷さん見たさに草むらにいそいだ。

そして大いびきで寝ている雷さんのまわりを取り囲んだ。

村人たちは、雷さんをひと目見るなり、

「あれぇ、すごくでかいなあ。なるほど、血まみれだ。いたそうだなあ。足がやられている！」

「こわい顔だなぁ！」

「りっぱな角が、ニョキッと二本はえていらぁ。」

「足首がはれあがっているよ。これではとうぶん、悪さも出来まい！」

などと、初めてみた雷さんのようすを、ひそひそと話し合っていた。

そして、いたいたしいその雷さんの鬼の姿を見た村人たちは、

「鬼と言っても人間と同じ生きている動物だ。」ひどいけがをしてまだ生きているなら、助けてやろうか、と、いうことになった。

源さんは、

助ける、と言ってもなぁ……

「なぁ、ちえばぁ、なにかよい智恵はうかばないかね？」

貞おばあは、時々、「ちえばぁ」とも、よばれていた。

「はい、はい。そうだね。とりあえずこの雷さんをあたしの家の板の間に運んでおくれ。」

「えっ、ちえばぁの家にかね？」

源さんも、村人も驚いた。

「そうだよ。ここでは雷さんの体がひえてしまうよ。今、きぜつしたまま寝ているから、気づかれないようにそっと運んでおくれ。」

村人はちえばぁの家の戸板を二枚はずして持ってきた。

そして、雷さんの体を戸板に移した。戸板からはみ出た太くて長い手足。大きな雷さんの体をみんなで、ちえばぁの板の間にしいたふとんの上にそっと寝かせた。

ちえばぁは、まず雷さんの泥と血がついた体をきれいなぬれた手ぬぐいで、そっとふきとり、足のきりさききずには薬をぬった。

次に、足首のはれている所は大根をすりおろして湿布をしてようすを見ることにした。

村人はナベに、大根や菜っ葉、里いもなど野菜を入れて煮て食べながら、雷さんが目をさますのを夜おそくまで見守った。

昼間のつかれから、皆がいねむりをしていると、今では村人から、〝鬼の姿をした雷《カミナリ》さん〟と、よばれている雷太がふと目をさました。

「あーあ、よく寝た。」目がさめた雷太は起きて立ちあがろうとしたが、足には布が巻いてあった。

あっ、いたたた。け、けがをしている！

こ、ここはいったいどこだ？　そ、それにオレはみんなに取りかこまれてしまっている！　どうしたことだ？　逃げるに逃げられない。

雷太はまわりをぐるりと見回し、腰をぬかすほど驚いた。

雷太が目をさましたのを見たちえばぁは、すぐ水の入った大きな手おけをさし出した。

ちえばぁは、茶わんに手おけの水をついで自分も飲んでみせた。

雷太はとてものどがかわいていたので、足を投げ出したまま夢中で手おけの水をゴクゴクとたっぷりのんだ。

すると、ほっとして、頭の中がすっきりしてきた。

（あっ、そうだ。思い出したぞ。オレは雷大王の国から虹の橋をすべり下りて、ここまで逃げてきたんだ。）

毎日ながめていた下界、あのおそろしい雷大王のもとからほんとうに脱出できたんだと思うと、力がぬけて、思わずふっと笑顔になった。

（でも、この下界だって、ほんとうはおそろしい国かもしれないな。）

雷太は目がさめたばかりで、この国がどんな国か知るゆとりがなかった。雷大王からのがれるため、雷吉さんに言われるままに、急いでここまで来てしまったんだ……。

ちえばぁは雷さんが水を飲んだあと、ちょっとひと息ついてから、かすかに笑ったのを見のがさなかった。

すぐに、今度はみそをつけて焼いたおにぎりと野菜の煮物を皿にもって、雷さんの前にさっとさし出した。

雷太は見たこともない山盛りのごちそうの出現にびっくり。

思わず生つばをゴクリとのみこんだ。ちえばぁはそのかすかな音も聞きのがさなかった。

すかさず、

「はい、はい、どうぞ、どうぞ。」

と、言って、自分も一つ食べて見せ、雷太の手に一つ、おにぎりをにぎらせた。

はじめて食べるおにぎり。

人間界《下界》ではじめて出あったおばあさんの温かなもてなし。思わずポトリとこぼれ落ちそうになった涙が、おいしいおにぎりを食べたとたん、ふっとんでしまった。そして、笑顔で、

「これはうまい。」

と、叫んだ。

雷太ははらぺこだった。山盛りのごちそうをすべてたいらげると、急に元気になった。

ちえばぁは目の前にいる雷さんをしっかり観察していた。

雷さんがおにぎりを食べる前のことだった。雷さんの大きな目がうるんでいたのを目にしたおばあは、

「うん、この雷さんは鬼の姿をしているが手がつけられない恐ろしい鬼ではないな。人の情けがわかるのかもしれない。」

と、見てとった。そして、「よし」と、言って、思わず手をたたいて、うれしそうに笑った。

アハハハハ。

ちえばぁの笑い声で目がさめた村人たちは、

「あっ、雷さんも笑っている！」

と、驚いた。雷太はこの国の優しさをちえばぁのもてなしで思い知ったのだ。

二人のなごやかなようすに、村人たちは何があったんだろうと不思議に思った。

村長の源さんも、うとうとと、いねむりをしていたが、その笑い声で目をさました。そして、ちえばぁを見てわかった。

あのちえばぁがやってくれたんだ。

村人たちは、こわい、こわいと、思っていた鬼の姿をした雷さんが笑っているのを見て、一気に力がぬけた。

そして、雷さんも村人たちもみんなで大口をあけて笑った。

アハハハハ。

ワァハハハハ。

ワァハハハハ。

「この雷さんは、鬼の姿をしていても、こわくない。」と、わかると、次の日から村人は、かわるがわる雷さんのようすを見ながら、ケガのめんどうをみた。

そしてそのキズはだんだん良くなっていったが、ふくらはぎのキズだけは深く、なかなかおらなかった。

このままでは命取りになってしまうかもしれないと、ちえばぁは心配した。となり村に良い薬があるときくが値段がとても高いらしい。

そこで、ちえばぁは村長の源さんに相談した。

「そうか、村人たちに聞いてみよう。」

源さんはさっそく村人を集めて聞いた。

村人たちの「助けてあげたい」という申し出に、少しずつお金を出し合い、薬を買った。

うわさのとおり、その薬のききめはすぐにあらわれた。

雷太のキズは、皆の願いとともにどんどんよくなり、元気になった。


村の子供たちは、角がはえていても笑っている雷太になついた。

今では、「雷《ライ》さん、雷《ライ》さん」とよばれ、子供たちの人気者になっていた。

大男の雷太にかたぐるまをしてもらう子、両手にぶらさがる子、両方のふともにそれぞれかじりつく二人の子、五人をまとめて体につけたまま、のっし、のっし、と村の中を歩いた。

又、雷太が草原にすわっていると、子供たちがやってきて、男の子は葉っぱを、女の子は野の花をつんできて、雷太の角にさしたり、からみつけてかざって遊んだ。

村の子供たちにかこまれ、雷太はしあわせだった。


あるよく晴れた日のこと。

ちえばぁが、よりあいの帰りにおやしろの前を通りがかった時、雷太が手をあわせて、何かを祈っていた。

「雷さん、どうしたのかね？　何をお願いしているのかね。」

誰も見ていないと思って祈った初めての願いを、ちえばぁにそっとうちあけた。

「実はね、オレは雷大王の怒りにふれて、殺されるところを、優しいおじいさんにみちびかれて、雷の国から逃げてきたんだ。」

「えっ、じゃぁ、雲の上から足をふみはずしたわけじゃあなかったんだね？」

「アハハハハ。たまにはそういうこともあるよ。〝雷の国〟はね、下界に落とす雷玉《カミナリダマ》のバクダンを作っているんだ。」

「なるほど、〝いなずま〟のもとが、雷玉《カミナリダマ》というバクダンだったのか。」

「それにね、天空にはいろいろな国の大王たちがいて、集まっては雷玉を落としたり、大雨を降らせたり、大風をふかせて、人間をこまらせて喜んでいるんだ。」

「それじゃ、荒れもようの天気の時は、大王たちがあばれまわっているんだね？」

「そうなんだ。それにね、下界のことはすべて天空からまる見えなんだ。」

「えっ、ほんとうかい？　あの高い空の上からここまで見えるなんて驚いたねぇ。ところで、『雷大王の怒りにふれた』って言ったけれど、いったいなにをしたんだい、雷さん？」

「……雷大王はいつも、『大きな雷玉をつくれ』って命令するんだ。大きな雷玉は被害を大きくする。だからオレは、小さな雷玉ばかりつくっていたんだ。そこを雷大王に見つかってしまったんだよ。」

「それで逃げてきたんだね。」

「下界に逃げてきても、天空の雷大王に見つかれば、きっとオレをねらってバクダンが落とされるだろうな。」

「それは大変だ！」

もしも雷大王に見つかったら……。何とかして雷さんをしっかりと守ってやらねば……。

ちえばぁは雷太をじっと見つめた。その時ふと、よい考えが浮かんだ。

「雷さん行くよ。」

急いで雷太を家につれてきた。

そして、タンスの中から、フトンを包む時に使う大きなカラクサもようのフロシキを取り出した。タタミの上に広げて、これをハサミで切って何枚も大きなてぬぐいを作った。

「これでよし。この大きな手ぬぐいで、ほっかぶりをすれば、角や顔がかくれる。きっと雷大王だって見やぶれまい。」

ちえばぁはそう言って、さっそく雷太にほっかぶりをしてあげた。

「そう、そう、雷さんは体が大きくて目立つから、杖をついて歩くといいよ。」

雷太はうれしかった。ちえばぁが自分のことのように心配してくれている。

「それじゃぁ、山で杖でもひろってくるかな。」

と、うれしそうにほっかぶりをしたまま山に探しに行った。

しばらくたって、山から木の枝をついてあらわれた雷太は、本物の腰のまがったおじいさんのようにちえばぁには見えた。


アハハハハハ。

ワァハハハハハ。


ちえばぁと雷太は、二人でおなかの皮がよじれるほど笑った。

次の日から、ちえばぁの村には、杖をついたほっかぶりの若者が歩いていた。

村の子供たちは、

ワーイ、「ほっかぶりの雷さん」

と、よんで、集まってきた。

雷太は「ほっかぶりの雷さん」になったことを、とてもうれしく思っていた。

なぜなら、ちょっとだけ、人間になったような気がしたのだ。

それからと言うもの、村人たちからも「ほっかぶりの雷さん」とよばれて、ますます村の人気者になった。

毎日、杖をついた「ほっかぶりの雷さん」が、背中に子供を三、四人のせて、コツコツと村の中を歩いていた。

その姿を見た村人たちは、〝どうか雷大王に見つかりませんように〟と祈った。

今では、
子供がおぼれそうだ。助けてくれ。
畑を手伝ってくれ。
木を切ってくれ。
と、村人は雷太をたよりにするようになった。

ある日、雷太は土手に腰をおろして、川の流れをながめていた。

そして、天空の雷の国にいたことを思い出していた。人間がこまることを喜ぶ雷大王や、けらいたち。そして、オレも、あのころはせっせと雷玉をつくっていたっけ。

あのやさしい雷吉さんはどうしているかな。オレはここの村人に助けられて、大切にしてもらっている。なにかもっとできることはないだろうか。

翌日、朝早く起きた雷太は、近くの山に登り、そこから遠くを見わたした。

うん、あそこだな。雲の上から下界をながめていた時も、そうだった。

こうずいは、はじめは川が曲がっているところから水があふれ出して、村をおそうんだ。

雨は木や畑の作物を育ててくれるけれど、たくさん降れば困ったことがおこる。

この山には大きな石がたくさんある。この石で曲がった川の土手をがんじょうにしよう。


次の日から雷太はくる日も、くる日も、山から石を運び、土手をととのえていった。それを見た村人たちも、かわるがわる食べ物やクワ、スキ、モッコなどの道具を持ってきては、雷太とともに働いた。

雷太と村人の力で数ヶ所あった曲がった土手はがんじょうになっていった。

ある夜、大雨が降った。川の水が増し、大波がおしよせたが、この村の川ははんらんすることはなかった。

〝雷さんのおかげだ〟村人は口々にさけび、とても喜んだ。村長の源さんも、ちえばぁも、村中のみんなが川岸に集まり、おナベをかこんで村の無事を心から祝った。


村人のみんなが家に帰ったあと、雷太は一人土手に残っていた。

そして、ちえばぁとはじめてあったあの時のように、今日もここで焼いて手わたしてくれたみそのおにぎり。

そのおにぎりを川の流れを見ながら、ゆっくり食べた。

村人のみんなと力をあわせて作りあげてがんじょうになった土手。この土手を何度も見ていると、雷太はうれしさでいっぱいになってきた。そして満足そうにフフフと笑った。


それからしばらくたったある日。

雷太は一人で、となり村の川の土手の手入れをしていた時のことだった。

急にいつもの何倍もの強い雨が降り出し、その後、大風もふいてきた。

雷太のほっかぶりの手ぬぐいも、どこかへふっとんでしまった。雷太はそれどころではなかった。いそがねば、土手が切れる、あぶないと感じた。

雨の中の仕事は、なかなかはかどらない。雷太が大きな石を動かしている時だった。

急にものすごい大きな雷鳴がとどろき、雷太の近くに雷が落ちた。

翌朝、やっと雨がやんだ。

「おーい、雷《ライ》さん、雷さん、どこへ行ったぁ。」村人も、となりの村人も、一緒になってみんなで雷太をさがしまわったが見つからなかった。

三日後、遠く離れた川ぞいの木の枝にひっかかっていた一本のカラクサもようの大きな手ぬぐい。

「あっ、こ、これは雷さんの……。」

村人たちは、雷さんの手ぬぐいをだきしめて泣いた。

時がたち、今ではこのおやしろは、「雷《ライ》神社」と、よばれている。

この神社にはけやきの大木がある。その木の前にとても大きな石が置かれていた。

この石は、村人たちによって、山から運ばれてきた石で、雷太への思いがこめられていた。そして石の前には、村人が供えた花の横に、子供たちがつんだ野の花がそえられていた。

六月になると、神社のまわりは雷太が大すきだったというあじさいの花でおおわれる。

クロクマのひとりごと

おや？　なんだ。あのさわぎは。

クロクマのブラックはおどろいた。

よく晴れた。あたたかな日の、ある動物園でのこと。

ぞろ、ぞろ、ぞろ。

「パンダの赤ちゃん、見たいよう。」

と、パンダのオリの前に、子供も大人もおしよせている。高台にあるブラックのオリからパンダのオリは丸見えなのだ。

ブラックは機げんが悪い。

「フン、なんだ。あのシロクロのパンダの親子のやつめ！」

最近のこと、見物人がブラックのオリの前をす通りしてしまうのだ。

だあれにも見むきもされないなんて、さみしいなぁ。まあ、もともとオレは人だかりの出来るほど人気者ではないが……

ブラックはしょんぼりしていた。

でもなぁ……遠くに見えるあのパンダの赤ちゃんはほんとうにかわいいなぁ。顔もしぐさもかわいいから、人気があるのもあたりまえだな。

あの足を投げ出してすわる〝パンダすわり〟。

ササの葉の〝寝っコロ食い〟。

なんてかわいいしぐさだろう!

それに、低い丸太によじ登ったかと思うと、ゴロン、と落ちる。

見ている者はハラハラ、ドキドキ。

パンダママの〝赤ちゃん運び〟も、ほほえましいなぁ。

赤ちゃんを、口でくわえて、引きずって小屋へ運ぶ。他の動物のママだって、みんなやっているのになぁ。

パンダがやると、かわいく見えてくるんだ。

55　クロクマのひとりごと

オレはパンダとちがって、めずらしくもない。まっ黒で、その上、これといった変わったしぐさもない。

それどころか、オレは仲間のクロクマよりのろまなんだ。しかたがないな。

だが、こんなオレでも子供のころは、かわいかったかもなぁ……。


時々、思い出すなぁ、ふる里を。みんな元気でいるかなぁ。

あのくらい、しめった森の中を歩いている時の、ひんやりとした心地よさ。

ふんわりとつもった落葉の上をあちこち歩く楽しさ。

今、思い出しても胸がワクワクしてくる。

ああ、思い切り、森の中を走りまわってみたいなぁ。

オレは小さいころ、まいごになって、ないているところを、ここにつれてこられたんだ。


そしてはじめて動物園のオリの中に入れられた時のことを、今でもよくおぼえている。

オリの外からじっと見つめる目、目、目。見物人の目がこわかったなぁ。

早くオレの住んでいた奥深い森の中ににげ帰りたかった。

だが、あれからしばらくして、少しちがって見えてきたことがある。

それは……見物人の中の〝幼い子供の目〞だ。あのかわいい目で、しんけんに、じっと、オレを見つめている〝あの目〞。〝あの目〞に出あうと、なんだか、ぞくぞくするほどうれしくなってくるんだ。

どうしてかなぁ。


大人になったクロクマのブラックは、このごろ自分のオリの前の見物人が少なくなって、がっかりしていた。

そのうち、あることに気がついた。

なにもオレばかりではないな。このまわりのサルやキツネ、シマウマだってみんな、あのパンダ親子に人気を取られて、見物人は少なくなっている。

これからオレは、自分にあった〝人目をひくポーズ〟でも、ゆっくり考えるとするかなと、あたりを見まわした。

そして、遠くに見えるパンダ親子が両足をなげ出してすわって遊んでいるのを見た。

オレも〝パンダすわり〟でもやってみるかな、と考えた。

だが、すぐに、「パンダの物まねではなぁ……もっと自分らしいポーズはないものかな。」

と、考えはじめた。

そのうち眠くなって、いつの間にか夢を見ていた。

「なんと言ったって森の中の木はいいなぁ。」

ブラックは大きな木の前にいた。

その木の一番低いところから出ている枝に足をかけて立ち上がった。

そして、あたりを見ながら、「何かオレにぴったりのポーズが見つからないかなぁ。それほどむずかしくなくていいんだ。かんたんなのがいいなぁ。」

と、考えていた。

風がふくと、さわ、さわと木の葉がゆれる。「いいなぁ。」ブラックはふる里を思い出し、うれしさでいっぱいだった。そして、さらに上に登ろうとして、上の方の枝に足をのせたとたん、その枝がボキッと折れた。

そして、ブラックは、あっという間に地面に落ちた。ドサ……。

「いててて。」

その時、ブラックは夢からさめた。

「あの、赤ちゃんパンダがころげ落ちたからかわいいが、このオレがあんな低いところから落ちたなんて、かっこ悪いだけだな。」

と思った。

その時だった。

「あっ、いいことを思いついたぞ。木からドスンと落ちて、そのまま〝死んだふり〟をすれば、本当らしく見えるぞ。ウフフフフ。」

〝死んだふりをするクロクマ〟か。どうだ。いいだろう。〝死んだふり〟は、オレにぴったり合っている。

なぜって？

オレはのろまだけに〝死んだふり〟がちょうどいい。ただ静かに寝ているだけなんだからな、アハハハハ。

それからというもの、ブラックは、ためしてみようと、心がうきうきとはずんでくるのを感じた。

ある日。

さあ、やってみるか、ブラックは元気いっぱい。そして。

木に登ったあと、ドスンと地面に落ち、じっと動かずに、〝死んだふり〟をしていた。

すると。

ドタ、ドタ、ドタ、と二人の係員がかけつけてきた。

二人はブラックのオリの前を通りすぎ、メスグマの小屋に入っていったのを、ブラックは見た。

「おや？　どうしたのかな。メスグマになにか大変なことが起きたのかな。心配だな。オレが死んだふりをしているというのに……。」

ブラックが〝死んだふり〟をしているころ、メスのクロクマが赤ちゃんを産んだのだ。

赤ちゃんグマはしばらくの間、ママにくっついておっぱいをのんでいたが、そのうち大きくなって小屋から出てきた。

「おう、おう、あれはオレの子か？　かわいいなぁ。かわいいなぁ。そばにいるのがママだ。」

ブラックはうれしくて、うれしくてたまらず、向こうの方に見えるパンダを見て、思わずさけんだ。

「おーい、パンダ。パンダの子もかわいいがオレの子もかわいいだろう？まっくろけの子が三匹もいるんだよー！」


クロクマの見物人も三匹の子グマのおかげでふえ、ブラックはもう、〝死んだふり〟をする必要がなくなった。

そしてブラックは毎日、となりのオリのママと三匹のマックロクロのチビスケたちを見るのが楽しみになった。

このフワフワ、ムクムクの子供たちが、もう少し大きくなったら、あることを教えてやろうかな、と、その日がくるのを楽しみにするようになった。

それから月日がたったある日の夕方のこと。ブラックは子供たちと話をしていた。

63　クロクマのひとりごと

「ほら、あそこ。パンダの親子が見えるだろう？　たれ目に見えるやさしい顔のパンダの親子。かわいいねえ。たれ目のもようは、白黒パンダにそなわったすばらしい宝物だね。

それにくらべてオレたちは、全身マックロケに見えるから〝クロクマ〟って呼ばれているんだ。アハハハ。

でもね、オレたちだって、宝物はちゃんと持っているんだよ。ほかのみんなには、すぐにわからないだけなんだ。

ほら、あれをごらん。」

ブラックは立ち上がって、胸を張り、あごをあげて、夕空を見上げた。

空には三日月が出ていた。

あの月を見てごらん。あの形を「三日月」というんだ。

オレの胸にも、「三日月」があるだろう。この三日月型の白いもようが、オレたちの「宝物」なんだ。

オレたちは、「月の輪グマ」という名前のクマなんだよ。

暗い夜道を照らす月。その月を胸にいだいているすばらしいクマなんだ。
「月の輪グマ」
なんていい名前なんだろう。
ブラックは子供たちの顔を見ながら、満足そうに言った。
親子はしばらくの間、三日月をながめていた。
その親子の胸にも白い三日月が浮かんでいた。

ぼくのたからもの

夏休みのある朝のこと。

ガタ・ガタ・ガタ・ドスンと、家がゆれた。ぼくは「うわぁ」と、大声をあげながら飛び起きた。大地震がおきたと思ったのだ。

「あら、純也。今、おきたの？」

台所でお母さんが笑っていた。

「今のあれはなに？　ガタ・ガタ・ガタ・ドスンって家がゆれたよ。」

お母さんはちょっと困った顔をして、

「あれはね、おむかいの鈴木さんと、そのうしろの山田さんの古い家をショベルカーでこわしている震動なの。まるで地震みたいね。いよいよ今日から家の取りこわしが始まったのよ。」

「へえ、あの家をこわしてしまうの？」

「そうなの。鈴木さんも山田さんも、古い家なので、あちらこちら修理しなければならないからと、売ってしまったんだって。」

「ふうん、そうなのか……。」

ぼくの家のすぐ前の鈴木さんの庭には花がいっぱい。その中でもバラの花がきれいに咲いていて、ぼくは「バラの家」と、よんでいた。その家と庭がこわされていく……。

「二軒ともお庭が広かったので、そのあとには何軒か家が建つそうよ。」

「ずいぶん変わっちゃうんだね。どんな人たちがおとなりさんになるんだろう。友達も出来るかな?」

ぼくは、さみしさと期待で、複雑な気持ちになってきた。


工事のようすを見に門の外に出た。

すると、もうブロックべいはこわされていて、庭の中では二台のショベルカーが動きまわっていた。二軒の家の解体工事で、近所じゅうが地震のようにゆれた。

力の強いショベルカーに木造の家はひとたまりもなくこわされていく。ぼくはあの家がひめいをあげているようで見ていられず、あわてて玄関にとびこんだ。

あれが家のさいごの時なんだ。生きているわけではないけれど、「ギィー」という音をたててこわされていく家を見ていると、かわいそうでもう見たくない、と思った。


三週間もするとおむかいの庭は、大きなもみじの木や、枝にたくさんの実をつけた柿の木、花の咲いたつばきやつつじの根も掘りおこされてしまい、たいらになっていた。

その後、おむかいの家のまわりは、遺跡調査のための、立入禁止の黄色いロープでかこまれていた。

ぼくは、これからどんな調査がはじまるのだろうかと、待ち遠しかった。

ある日のこと。

いよいよおむかいの遺跡調査がはじまった。

博物館の遺跡調査をする学芸員さんの指導によって、若いお兄さんが乗ったショベルカーが土をどんどん掘りはじめた。そして庭のわきには土が山のようにつみあげられた。

学芸員さんはショベルカーのお兄さんに、「赤土《あかつち》」が出るまで掘り下げるよう指示していた。そのうち、「赤土《あかつち》」の中に「黒土《くろつち》」でできた丸い形が見えてきた。

次はいよいよママさんたちの発掘作業員の出番だった。

日焼けよけのぼうしをかぶった五、六人のママさんたちは、笑顔のパワーと「根気」という力強い魔法のようなすごいパワーを持っていた。

小さな「移植ゴテ」という道具を使って、黒土《くろつち》とよばれる土を少しずつ根気よくけずっていく。

すると、土器のかけらや石器が出はじめた。さらに掘ると、住居のあとが少しずつ見えてきた。

しばらくすると、

おむかいの空地には、大昔の住居のあとがはっきりあらわれてきた。

学芸員さんは遺跡の調査をすすめて、写真や図面をとったり、とてもいそがしそうだった。

その後。

ぼくが家の前の道路から遺跡をながめていると、学芸員のお兄さんが、

「遺跡の調査が終わったので、近いうちにうめてたいらにします。」

と、つげて、この調査でわかったことについて、説明をしてくれた。

「立入禁止」の黄色いロープの中にはじめて学芸員さんと一緒に入った。

「ここは縄文時代の中ごろの遺跡です。あの住居の内《なか》には赤っぽい色をした場

所があるでしょう。あそこが〝炉〟です。あそこでね、食べ物を煮たり、焼いたりしたんですよ。」

ぼくは縄文人が〝炉〟をかこんで、楽しそうに笑いながら食事をしているようすを思い浮かべた。

「ところどころ、あいている穴は、柱穴《はしらあな》といいます。」

指をさして教えてくれた所には、大きさが違う穴がぽっかりとあいていた。

家をささえていた大切な柱の穴だ。大きさが違うのは柱にした木の太さがちがうからかな？

ぼくはお兄さんに、

「土器はどこで焼いていたの？」

と、たずねると、

「土器はね、家の外にくぼみを作ってそこで焼いていたんですよ。」

と、教えてくれた。

ぼくは前に家の庭で、小さな土器のかけらを見つけたことがある。そのかけらは縄目もようがはっきりしていて、とてもきれいで、かわいかったのを思い出していた。

「ええと……おむかいに縄文時代の住居跡があるということは……ぼくの家の下にも住居跡があるかもしれない……ということになる……。」

お兄さんは大きくうなずいて、

「そのとおり、その可能性は大いにありますね。はっきりわかるためには、掘ってみればいいのですが……。」

と、笑って答えた。

今までの縄文人は、ぼくにとって、「ただの大昔の人。」今のぼくにとっては、「大昔のおとなりさん。」となった。

次にお兄さんは、土の中に移植ゴテを深くさしこんで取り出した土をぼくに見せて、

「ほら、この土の中にある小さな小さなつぶが、キラキラ光っているでしょ

う。これは大昔に南九州にあった「アイラ」という山が噴火した時の火山灰です。それが関東のここまでも飛んで来たのですよ。」

そう言いながら、小さな土のかたまりを、ぼくの手のひらに乗せてくれた。

「顕微鏡で土を見ると、いろんなことがわかります。」

と、学芸員のお兄さんは、遺跡調査のことについて、楽しそうに、熱心に教えてくれる。ぼくはそのようすを見て、お兄さんはこの仕事が大好きなんだ、と強く感じた。

ぼくは家に帰ってから、お兄さんにもらった土のかたまりを小さなプラスチックの箱に入れた。中をのぞいて見ると、小さな小さなつぶは、キラキラと光って、まるで夜空の星のようだった。

翌日の朝食の時、お父さんが言った。

「きのうの夜、庭でうちのジョン（柴犬）が何度もほえていたなぁ。その前の晩もだ。ドロボウかな？　それとものら犬がうろついているのかな？」

　ぼくはびっくりして、

「えっ、そんなことがあったの？　ぼくぜんぜん気づかなかったよ。」

「お父さんはね、今日から三、四日、出張で大阪へ行ってくるからね。今までどおりに戸じまりをしっかりしておくんだよ。」

　お母さんとぼくの顔を見ながら言った。ぼくとお母さんはうなずきながら、

「からだに気をつけてね。」

　と、言うと、

「はい、はい、わかりました。」

　と、言って、とてもうれしそうに出かけて行った。お父さんは、たまに遠くに出張するのを楽しみにしているようだった。

　その日の夕方、ぼくはいつものようにジョンをつれて散歩に行こうと家を出た。ジョンは待ってましたとばかり、喜んで走っていこうとする。ジョンは中

型の柴犬のオスで若いので力がある。ぼくはリード《引き綱》をぐっとひきしめて、ひきずられないよう力をこめた。

おむかいの空地になった場所を見ると、ちらっと人影が見えたような気がした。だれかいるのかな？　と、思ってもう一度見ると、だれもいない。

ジョンが又、ぐいぐいリードを引っぱる。家の前が坂道になっているので、よけいに加速がつく。近くの林までそのままかけ出していき、そのまわりをひとめぐりして帰ってきた時は、もううす暗くなってきていた。片側が林なので、暗くなると、ちょっとこわい感じがするけど、気の強いジョンをつれていると少しもこわくないのだ。


次の日のこと。

友達の家に遊びに行っていたので、ジョンの散歩の時間がだいぶおくれてしまったため、あわててジョンをつれて外に出た。

おむかいの空地の方を見ると、建物がとりこわされてなにもなくなった西側には、夕日が空を赤くそめて、とてもきれいだった。

ぼくはその時、夕日の方に向かって立っている人影を、又ちらっと見たような気がしたのだ。

「あれっ！　きのうの人かな？　だれだろう？」

その時ジョンがぐいとリードを引っ張ったので、きのうのようにかけ足で散歩をはじめた。今日は特に遅くなったので、ジョンは待ちきれないようだ。いつものように林をぐるっとまわって、林がとぎれたところにある十字路に来た時のこと。

どこからきたのか、前の方から秋田犬くらいの大きな犬が、どんどん近づいてくるのが見えた。どこかの家から逃げてきたのか、まっすぐにジョンの方に向かってくる。

「うわぁ、大変、どうしよう。」

ぼくはあせった。犬どうしが出あうと、大げんかがはじまる。

ぼくは以前、お母さんから、「犬を散歩させる時の注意」を教えてもらったことがある。

「知らない犬とすれ違う時は、リードを短く持って、犬同士が近づかないようにすること。」

「相手の犬が大きい場合は、急いで道を変えて、すれちがわないようにした方がよい。」と教えてもらった。

でも、今はどれにもあてはまらない。あの犬は自由にどこにでも行けるのだ。

「困った。……逃げよう。」

ぼくはあわてて、大きな犬と違う方向の下り坂の道へ、ジョンをつれてかけ出した。あまり急いだので、下り坂で足がもつれて、ドスンと、いきおいよくころんだ。その時、ジョンのリードを放してしまった。

「だ、だれかきて！　ジョン、早く、ひとりで逃げろ。大きな犬がくる！」

ぼくは思わずさけんだ。

ひざとあごを道路にうちつけて、起きあがる時にもたついた。

夕方のせいか、人通りもない。大きな犬はどんどん近づいてくる。二匹とも

リードからはなれてしまっていて、自由に動きまわっている。

ジョンはぼくがころんでもたついたため、逃げるどころか、ぼくにくっついてきている。ぼくをかばおうとするのか、低いうなり声をあげて、近づいてくる犬をいかくしている。

とうとう大きな犬は近くまでやってきた。するとジョンはブルブルふるえながら、あとずさりしはじめ、低い声が、前より小さなうなり声になってしまった。いつもの気の強さはどこかにいってしまったようだ。体の大きさの違いにひるんだのだ。今まであまり見たことがないジョンの姿だった。

大きな犬は目の前にくると、すぐにジョンに飛びかかってきた。「ウー」と二匹はうなり声をあげた。そして大げんかがはじまったかと思うと、ジョンはたちまち大きな犬に背中をガブッとかみつかれていた。

ジョンはその大きな犬をふりはらおうと夢中だ。二匹はぐるぐるまわりはじめた。

ぼくはあの大きな犬に石を投げつけてやろうと、さがしたが見つからなかった。

その時、林の中の大きな木の枝がわさわさゆれたかと思うと、木の上からドスンと男が飛びおりてきた。

そしてその木の大きな枝をボキッと折って、大きな犬に向かっていきおいよくふりまわした。

すると、その枝の先が大きな犬の足にあたった。大きな犬は、「キャン」とないて、かみついていたジョンの背中をはなした。

そして、枝をふりまわした男の方をちらっと見てから、いたそうに足をひきずって、もときた道の方へ帰っていった。

ぼくは、「よかった。」と、安心すると同時に、急におこった出来事におどろいて、道にすわりこんでしまった。

すると、男がすぐそばにやってきて、ぼくをかかえこんだ。そしてけがのようすを見てから、いたわるようにすりむいたひざと、あごから出ている血を、そばに生えている草の葉をちぎって、さっとふき取ってくれた。

「あ、ありがとうございます。」

ぼくはその時はじめて助けてくれた男の顔を見た。

その男は、はだしで頭の毛はボサボサ。今まで見たこともない服を着ていた。ぼくがとまどっているとその男は、いたずらっぽい目で笑った。

その時、ぼくはその男を、〝若いお兄さんのような人〟だなと感じた。

きっと、ぼくが坂でズデンところぶところなど、木の上からすべて見ていたのだ。

ぼくの頭はパニックをおこしていた。

ジョンが大きな犬にかみつかれてしまったこと。

足をけがしたこと。

それに、〝とても変な人〟に助けられたことなど、困ったことがつぎつぎにおこったからだ。

　そのうち、坂道の向こうの方から誰か歩いてきた。すると、男は林の中にさっと身をかくして、見えなくなってしまった。

　ぼくは通行人が行ってしまったので、あの人が林から出てくるのをじっと待っていたのに、なかなか現れない。

　あたりは暗くなってきたので、ぼくはよけいあせってきた。

　ふと、あたりを見回すと、ジョンがいない。

「うわぁ、どうしよう。」

　今度はジョンをさがしに行かなくては、と、ますます頭がこんらんしてきた。そうだ。一度家に帰ってから、ジョンをさがしに行こうと、足をひきずりながら家に帰った。

　門が少しあいていた。中に入ると、ジョンが元気よくシッポをふって走ってきた。一人で帰ってきていたのだ。ぼくはほっとした。

「どこかへいっちゃったらどうしよう。と、思っていたんだよ。」と、ジョンの頭をなでながらジョンの背中を見ると、血がべっとりついている。

ぼくはあわてて玄関に入ると、

「お母さん、大変だよ。ジョンが、ジョンが大きな犬にかみつかれちゃった！」

と、大声でさけんだ。するとお母さんがあわてて台所から出てきた。

「まぁ、大変！」

と、まずぼくの赤く血のにじんでいるひざこぞうを見て、

「純ちゃんもかみつかれたの？」

と、驚いた顔をしてきいた。

「かみつかれたのはジョンだよ。ぼくはころんだだけ。」

お母さんはやっと安心した顔をして、

「そうなの、よかった。」

と、急いでぼくのひざとあごに薬をぬり、足首のひねった所に湿布をはった。

「はい、これでよし、お次はジョン君ね。どれどれ、お母さんに背中をよく見せてごらん。大きな犬にかまれたのなら、お医者さんに行った方がいいわね。

いたかったでしょう。」

お母さんは心配そうな顔をして、ジョンの頭をなでて、

「もう夕方だから早く行かなくちゃ、病院がしまっちゃう。」

と、あわてて、ジョンをつれて、すぐ近くの動物病院へ行ってしまった。

ぼくはいろいろなことが一度におこったので、まだ頭の中がこんらんしていた。一人になったぼくは自分の部屋でねころんで〝あの人〟のことを考えていた。〝あの人〟はいったい誰なんだろう？

ちらっと見かけたあの時の、おむかいの空地で夕日を見ていた人と同じだろうか。

見たこともない服に、ボサボサ頭で、はだし……もしかしたら林の中に住む人かな？　もしそういう人だったら、危険な思いをしてまで、ぼくとジョンを助けるだろうか。それにあんなに太い枝をボキッと折れるだろうか。

それとも……まさか……まさか……遺跡調査の震動で永いねむりからめざめ

た縄文人が、どこからか出現した……。

ぼくは想像をめぐらしていろいろなことを考えてみた。

お父さんがいたらなんというだろうか。早く帰ってこないかなぁ。

お母さんに〝あの人〟のことを話したら、びっくりするだろうな。

木から飛びおりてきた〝あの人〟。

はだしで、ボサボサ頭で、見たこともない服を着ていた〝あの人〟。

不思議な人だ。でも……。

〝あの人〟はぼくとジョンを助けてくれた大切な人なんだ。

ぼくはそのうち、なんとなく友達の優太君のお兄ちゃんのことが頭に浮かんできた。

優太君には年のはなれた大学生のお兄ちゃんがいる。ぼくが遊びに行くと、ボールの投げ方や泳ぎ方、勉強など、やさしく、わかりやすく教えてくれる。

ぼくは一人っ子なので、お兄ちゃんはいない。あんなお兄ちゃんがいたらどんなにいいだろうな、と思っていた。

〝あの人〟は身なりはあまりよくないけど、どこか優太君のお兄ちゃんに似ているところがあるな、とぼんやり考えていた。

「ただいま。」

お母さんがジョンをつれて帰ってきた。

ぼくはあわてて起きあがり、いそいで玄関に行った。

「ジョンはどうだった？」

「ええ、だいじょうぶよ。大したことはないって。薬をぬって、注射をしてくれたわ。」

お母さんはやっと安心して、いつもの笑顔がもどっている。

「あのね、ジョンのほかにもね、大きな犬にかみつかれた、という犬が病院にいたわ。その犬はひどいけがだって。」

あの時、〝あの人〟がすばやく、あの大きな犬を追い払ってくれたから、ジョンのけがも軽かったんだな。ぼくだってかみつかれていたかもしれないなぁ、とあの時のことを思い出していた。そしてますます〝あの人〟に対して感謝の気持ちでいっぱいになってきた。

あれこれ考えていると、遠くから盆踊りの歌が聞こえてきた。

翌日の昼食後、お母さんが、

「用があるので、これから出かけてくるわ。おやつはスイカとトウモロコシよ。冷蔵庫に冷やしておいたから食べてね。」

それだけ言うと、いそいで出かけて行った。ジョンと早めに散歩に行ったあと、ふと、窓から外をながめると、夕焼けがとてもきれいだった。

そういえばこの前、おむかいの空地で夕焼けを見ていた人は、〝あの人〟だったのかな。

そう思うと、確かめずにはいられなくなった。

遺跡調査の終わったあとの空地はひっそりとしている。ほんの少しの間、ひょっこりと顔を出した縄文人の住居のあとが、再び土の中にうめられ、もうすぐ見られなくなってしまう……。

ぼくは色が少しずつ変わっていく夕焼けを見ながら、土を掘り下げて低くなっている場所に行ってみた。そして土の色が赤くなっている炉のそばの地面に座ってあたりを見回した。ここに家が建っていて、縄文人が本当に住んでいたんだ。そしてこの炉をかこんで楽しく食事をしていたのかと思うと、縄文人の生活が身近に感じられてきた。まるで自分も縄文人になった気分だった。もしかしたら、〝あの人〟はここで生活していたかもしれない、などと考えていると、小さな土器のかけらが落ちているのに気がついた。手に取って土をていねいに払うと、縄目もようがある縄文土器だ。ぼくはそのかけらを拾ってポケットに大切にしまった。昔の人が苦労してつくった土器。調査のあとに見つけた小さな土器のかけら。この小さな土器のかけらも、そのままにしておいたら永遠に土の中。

その時、ぼくが座っている後ろの方から誰かがドスンとおりてきた。

あの時と同じはだしのまま。〝あの人〟だ。ぼくがあいたいと思っていた

〝あの人〟が再び目の前に現れたのだ。ぼくは驚いて思わず、「おっ！」と叫び声をあげた。すると、〝あの人〟も、「おお」と、言って、うれしそうな笑顔になった。ぼくがここにいるのを見て、そばに来てくれたのだ。

ぼくはすぐに、

「きのうはありがとうございました。」

と、お礼を言うと、なんとなくわかったのか、

「おお」

と、また会えたことを喜んでいるように、ぼくの両手をにぎった。

お礼を言いたい、とずっと思っていたことがやっとかなったので、ほっとしてうれしさでいっぱいになった。炉のそばですわっていたせいか、急におなかもすいてきた。

「そうだ。おやつを食べるのを忘れていた。」

ぼくはお母さんが言ったことを思い出した。

冷蔵庫にスイカとトウモロコシがある。

ぼくは

「ちょっと待っていてね。」

と、言って、家に急いで帰り、冷蔵庫のスイカとトウモロコシ、ついでにそばにあったサツマイモをお盆にのせて運んできた。

そして、〝あの人〟が炉のそばにすわっているのを見て安心した。ぼくがいないうちにどこかへ行ってしまうのではないか、と心配だったのだ。

ぼくがスイカをわたすと、〝あの人〟は、「おお」と、言って、冷たさにびっくり。

まずぼくがガブリ。〝あの人〟も甘いにおいにさそわれて、ガブリ。そして、〝あの人〟はスイカを食べながら、「おお」、「おお」と、おいしいというように声をあげ、食べ終わったぼくのほおについたスイカのタネまでつまんで食べてしまった。次にトウモロコシを食べ、サツマイモを半分ぐらい食べた時、ピーポー、ピーポー、と救急車が警笛を鳴らしながら、ぼくたちのいるそばの道路に向かってくるのを見ると、

〝あの人〟は急にそわそわし出し、今まですわっていた場所からひょいと出て、どこかへ行ってしまったのだ。それっきり、もどってはこなかった。

しかたなく、サツマイモの残りを紙に包んで、〝あの人〟がすわっていた場所において、家にもどった。

家にはお母さんが外出先から帰ってきていた。ぼくはお母さんに〝あの人〟のことをどう話そうかな、と考えていると、お母さんが何か言った。

「えっ、なんの話?」

ぼくは、〝あの人〟のことばかり考えていたのでもう一度聞きかえした。

お母さんは少し大きな声で、

「盆踊りがきのうからはじまったの。今年は、〝盆踊り仮装大賞〟という賞ができたそうよ。あしたは最終日だからみんなで選ぶんだって。面白そうなのでお母さんも見たいけれど、お父さんからたのまれたことがあるから、純也はお友達といってね。」

と、ぼくに言った。

「ふうん、そうだね。」

と、言っただけで、〝あの人〟のことはとうとうお母さんに話さなかった。

最終日の盆踊りの晩になった。

遠くから盆踊りの歌が風にのって聞こえてきた。ぼくは幼稚園のころは毎年、お母さんと昼間から盆踊りの広場に行っていたことを思い出していた。金魚つりをしたり、綿あめを食べたり、お面を買ってもらったり、輪になって踊るのを見るのが楽しみだった。

今年は今日が最終日とあって、家の前の道はいつも静かなのに、今日ばかりは人通りが多い。

赤い金魚のもようのゆかたを着た小さな女の子が、お母さんに手を引かれて通っていく。また、友達どうしだったり、おとなりどうしだったりで広場に向かっている。そのようすを見て、ぼくもしばらくぶりに行きたくなってきた。

すると、向こうから優太君のお兄ちゃんがぼくの家の方にくるのが見えた。

「お兄ちゃん！」

と、大声でよぶと、

「おお、いたか、純君。これから盆踊りの広場に行こうと思ってさそいに来たんだ。優太はいなかの親戚の家にとまりに行っていないんだよ。」

と、言った。

ぼくは大喜びでお兄ちゃんと盆踊りを見に行くことにした。お兄ちゃんを一人じめにできる……と思わずワクワクしてきた。

家を出て、おむかいの空地を見ると急に〝あの人〟のことが気になった。

「ちょっと待っててね。」

と、お兄ちゃんに言って、おむかいの空地に行ってみた。〝あの人〟はやっぱりいない。朝からさがしているのに……どこへ行ったのかなぁと、思いながら、お兄ちゃんが待っている所にかけて行った。

大好きなお兄ちゃんと手をつなぎながら、ぼくがスキップして歩くと、お兄ちゃんもぼくのまねをしてスキップ歩き。二人でスキップ歩きをしながら広場に行った。

広場に行ってみると、中央には二階建てのやぐらがあった。上では笛やタイコが、下では踊りのうまい人たちが、又やぐらを取りかこんで、大人たちにまじって子供たちも踊っていた。

やぐらから四方に張ったロープにつり下げられたたくさんのちょうちんも、涼しい夕風にゆらゆらとゆれて、歌にあわせて踊っているようだ。暗くなってくると、子供のかわいい歌声の曲から大人の曲に変わって、ますますもり上がってきた。そして、踊りの輪もだいぶ大きくなった。

はぁぁ……

月が出るまで　沈むまで

お兄ちゃんが急にぼくの手を強くひっぱった。

「おどろうよ。」

と、言って、踊りの輪の中に入った。お兄ちゃんはまわりの人たちより一段とうまい。なにをやってもうまいんだなぁ、と感心していると、ぼくの方にくるっと向いて、ぼくの手をとって、

「ほら、こうだよ。」

と、教えてくれた。

ぼくもお兄ちゃんのあとについて、まねをしながら何曲か踊っていると、音楽がやみ、進行係から放送があった。

「今日は盆踊り大会の最終日です。今年初めての〝盆踊り仮装大賞〟は、のちほど皆様の投票によって決まります。それまで十分に今年最後の盆踊りをお楽しみください。」

と、いう放送が終わると、再び盆踊りの曲が流れてきた。すると、まわりでひとやすみしていた人も急いで踊りの輪に加わり、盆踊りの最終日を楽しんで

いた。仮装していた人もまわりの人たちに拍手で迎えられ、踊りの輪に加わっている。


白い着物を着て、髪の長いやせた〝ゆうれい〟。

両手のほかに六本の足をつけたかわいい〝タコボーズ〟。

おなかがとても大きくて、赤くておいしそうな〝スイカマン〟。

小さな女の子は、黄色い服にちょうちょの羽をつけ、頭には大きな花のかんむりに花の首かざり。口には、ストローがのびちぢみするピロピロ笛をときどきふいて、かわいいと評判の〝ちょうちょ姫〟。

カミナリ男は、角をはやした黄色い顔に、光を受けてキラリと光るシャツとシマのパンツ姿。時々服がピカッと反射して、まるでいなびかりのよう。その上、タイコとシンバルを打ちならして大人気だ。


みんなが仮装している人達に夢中になっていると。

広場のかたすみにある大きな木の枝がバサッとゆれて、一人の男がひらりと、飛びおりてきた。そして葉のしげった小枝を両手に持って、自己流の踊りを踊りはじめた。

みんなは急に飛びこんできた変な男に驚いている。髪の毛は切ったことがないのかボサボサで、見たこともない服、その上はだし。

ぼくはその人を見てびっくりした。〝あの人〟だ。今日はどこをさがしても見つからなかった〝あの人〟。〝あの人〟は遠くから聞こえる盆踊りの歌にひきよせられて、この広場にやってきていたんだ。そして、木の上で盆踊りを見ているうちに、からだがうきうきし出して、とうとう木の上から飛びおりて踊り出してしまったんだ。

だって、ぼくとジョンを助けてくれた時も、木の上から飛びおりてきたんだもの。ぼくはこんな所で〝あの人〟にあえるなんて、考えてもみなかった。

見物人も踊り手たちもびっくりして、〝あの人〟の踊りに注目している。

そばにいる男の子がとつぜん、

「あっ、あれは縄文人だ。博物館の人形の縄文人にそっくりだ！」

それを聞いて、みんなはどっと笑った。

「わぁ、ほんと！　見れば見るほど本物みたい！」

大さわぎだ。別の女の人は、

「見かけない人だわ。このへんの人じゃないんじゃないの。」

そばの若い男の人は、

「ぼく、きのうの夜おそく、あの男がこのへんをうろついているのを見たよ。もしかしたら、今夜の下見にきていたのかな？」

そのうち、まわりから、

「ほんものの縄文人みたいでおもしろいわね。」

「あのへんてこな踊り、とてもいいわ。」

と、いう声も聞こえてきて、みんないっせいに拍手した。

投票の結果、〝ちょうちょう姫〟、〝カミナリ男〟とならんで、あの木の上から登場した〝縄文人〟の三人が第一回盆踊り仮装大賞に選ばれた。

そうとは知らない〝あの人〟は急に音楽がやみ、自分が注目されているのがわかると、逃げ出そうと、あたりを見回した。ぼくは大声で、

「お兄ちゃん！」

と、よんでそばにかけより、〝あの人〟の手をしっかりにぎった。〝あの人〟はぼくを見て安心したのか、「おお」と、喜びの声をあげた。

主催者の代表が、入賞者の名前を一人ずつ聞いていく。〝ちょうちょ姫〟、〝カミナリ男〟、につづいて、三番目は〝あの人〟の番。

〝あの人〟はとても困った顔をしていた。なにを言っているのかわからないからだ。ぼくの方をじっと見て、ぼくの手をぎゅっとにぎった。ぼくは、「わかった。ぼくにまかせてね。」と、いうつもりで、ぎゅっとにぎり返した。すると、〝あの人〟は、「おお」と、うれしそうに喜びの声をあげた。

主催者代表は、

「ああ、おおさんですね。盆踊り仮装大賞に入賞しました。おめでとうございます。」

と、いうとすぐに若い男の人たちがそれぞれ三人の前に、ごほうびを運んできた。

しょいかごいっぱいのサツマイモ、その他にスイカや米などだった。

〝ちょうちょ姫〟は、〝あの人〟がこわいのか、お母さんのうしろにかくれている。

〝カミナリ男〟も近よりにくい若い変な男として、ちょっと離れて〝あの人〟を観察している。

そのうち、〝あの人〟が急にまわりの子供たちに、もらったサツマイモなどを配りはじめた。

そして、あっという間に配り終わると、遠くに見える雑木林に向かって走っていき、見えなくなってしまったのだ。

みんな笑顔で、なごやかな雰囲気のうちに盆踊り大会が終わった。

「おおさんはすごい演技力だなぁ。最後まで縄文人になりきっている。」

という声が、ぼくに聞こえてきた。ぼくは心の中で、「あの人はほんものの縄文人なんだよ……。」と、つぶやいていた。


盆踊りが終わって、ぼくは優太君のお兄ちゃんと手をつないで帰ってきた。とちゅう、お兄ちゃんはぼくに、

「いったいあの男はだれなんだ。」

と、強い調子でたずねた。

ぼくが今までのことを話すと、

「へえ、ほんとうかな。縄文人みたいだ、なんて。だまされているんだよ。きっと、林の中に住んでいる人だよ。こんどあいつを見たら、すぐにぼくに知らせるんだよ。ぼくがあいつの正体を必ず見やぶってやるからね。」

〝あの人〟を疑っている。ぼくがだまされていると心配している、お兄ちゃんなら〝あの人〟がどんな人かぜったいわかる……。

あした〝あの人〟にあえたら、三人でなかよくスイカを食べようかな、と思いながら、家に帰ってきた。

翌日。

ぼくはきのうの盆踊り大会のことで興奮しているせいか、朝早く目がさめてしまった。

あれから、〝あの人〟はどうしたかな？　無事にここまで帰ってこられただろうか。ぼくの頭は〝あの人〟のことでいっぱい。おむかいの空地にようすを見に行こうと、門の近くに行ったら、庭木のそばに何かが置いてあった。

「あっ！　これは……。」

それは、ふちが少しかけた縄目もようの縄文土器。

「どうしてこんなところに？」

ぼくはあわてておむかいの空地に行って〝あの人〟をさがしたけれど、いない。しばらくそこに立っていたぼくは、ふと、この間、遺跡調査の終わったあ

とでひろった小さな土器のかけらのことを思い出した。

ええと……ポケットにしまってから……そうだ。机の引き出しの中だ。いそいで家に帰り、机の引き出しから土器のかけらを取り出した。そして、ふちのかけた土器にそっとはめてみると、なんと、ぴったりだった。

「わぁ、これはすごい！」

ぼくは、ゆうべおそく出張から帰って、まだ寝ているお父さんのもとへ飛んでいった。今日は会社がおやすみの日なので、まだ寝ているお父さんをゆり起こし、今まであったことを話した。お父さんははじめ眠そうにしていたのに、この話を聞いて、いっぺんに目がさめたようだ。

「ほう、そんなことがあったのか。」

門の近くに置いてあった縄文土器を手に取って、ながめながら言った。

「そう言えば、お父さんが出張に行く二、三日前から夜になると、ジョンがほえていたね。今までそんなことはあまりなかったので、何か関係があるのかもしれない。」

ぼくは土器のかけらをひろった時のことを思い出していた。

なにも落ちていない、きれいな調査の終わった遺跡のあとに、どうしてあの土器のかけらが落ちていたのだろう？　そしてそのひろったかけらが、この土器にぴったりはまるなんて。とても不思議だ。いくら考えてもわからない。

お父さんもいっしょになって考えてくれている。

「そうだね。……純也がひろったかけらが、調査のあとに落ちていた——ということが確かなら……もしかしたらだれかがあそこで土器を落としたか、ぶつけてわってしまったのかな。」

「えっ！　だれかって……〝あの人〟だね。この土器は、〝あの人〟のものなんだ。

ずーと大切に持っていて、使っていたんだね。」

「そうみたいだな。」

「そんな大切な土器を、どうしてぼくの家の門の近くに置いたんだろう？」

「そうだなぁ。〝あの人〟は、ここが純也の家だ、ということを知っているよね。」

「うん。」

「〝あの人〟に何か考えがあったのだろう。」

「えっ？　考えって？」

「うーん。何かな……それはね、大切なものだからこそ、純也に持っていてほしかったのかもしれないよ。」

「ぼくに？」

「うん。きっとそうだよ。今、現在、ただ一人、友達になった純也にね。」

「……」

その時から〝あの人〟にもらった縄文土器はぼくの宝物になった。

「お父さんも、〝あの人〟にあってみたいな。」

そこで二人は、あちらこちら、〝あの人〟がいそうな所をさがしてみたけれど、いくらさがしても見つからなかった。

〝あの人〟は、あの盆踊りの晩以来、再びぼく達の前に姿をあらわすことはなかった。

あれから一年たち、ジョンと散歩をするたびに思い出す、〝あの人〟。又いつかどこかであいたい。